हास्य व्यंग्य कथाएँ

डॉ. चंद्रेश कुमार छतलानी

ISBN 979-888555289-9

यह पुस्तक समर्पित है

उन सभी हास्य कलाकारों और रचनाकारों को

जो रोते हुए व्यक्ति के चेहरे पर एक बार मुस्कान ले आते हैं।

क्रम-सूची

प्रस्तावना vii

भूमिका ix

आमुख xi

1. डील वाले दुल्हनिया ले आयेंगे 1
2. बेईमान स्टेटस 4
3. संता परिवार का हवाई कहर (मतलब हवाई सफर) 6
4. गायब हुए गाँधीजी 9
5. तलाश 12
6. रामभरोसे 14
7. साक्षात्कार 18
8. वज़नी समाचार 21
9. इंटरनेट का नशा 23
10. असत्यवान 25

प्रस्तावना

साथियों,

जीवन के अनगिनत पलों में से कुछ ही पल ऐसे होते हैं, जब हम दिल से हँस पाते हैं। एक और सच यह भी है कि दुःख भी कोई और नहीं बल्कि हमारे अपने ही दे सकते हैं। जो हमारे अपने नहीं वे कुछ भी करें हमें क्या?

बहरहाल, इतना सा कहना चाहूँगा

कुछ दिनों से दिल उदास था,
बदल गया वो जो मेरा ख़ास था।
आज लेकिन यह असल में समझ आया कि
- उसका बदलना - मेरा रोना
ये सब बकवास था।

भूमिका

मित्रों,

यह चुटकुला तो हम सभी ने सुना होगा कि एक कंजूस पानी में डूब रहा था। उसे बचाने वाले चिल्ला रहे थे, "हाथ दो-हाथ दो..."। लेकिन वह हाथ देता ही नहीं। एक समझदार व्यक्ति आया और उसने कहा, "हाथ लो...",

और डूबने वाले कंजूस महाशय ने तुरंत हाथ पकड़ लिया।

यही जीवन का सच है, जब देने की बारी आती है तो अधिकतर लोग आपको ऐसे ही मिलेंगे, जिन्हें आपको देने से लाभ भी मिल रहा होगा तो भी सोचेंगे। लेकिन कभी-कभी सोचना नहीं चाहिए। यह पुस्तक आपको सोचने पर मजबूर नहीं करेगी, लेकिन कुछ देने को ज़रूर कहेगी - एक मुस्कान दे दीजिएगा।

धन्यवाद,

डॉ. चंद्रेश कुमार छतलानी

9928544749

आमुख

इस पुस्तक में दस कहानियाँ हैं। पहली कहानी में एक फिल्म की कहानी को पैरोडी रूप में कहा गया है। दूसरी में फेसबुक पोस्ट पर एक व्यंग्य है, तीसरी कहानी विशुद्ध हास्य का प्रयास है तो चौथी एक फेंटेसी टाइप का व्यंग्य। बाकी कहानियाँ भी हास्य और व्यंग्य पर आधारित हैं।

मित्रों,

हम सभी प्राचीन काल ही से हास्य को महत्व देते आए हैं। हालांकि कई बार हँसने के लिए हमें फिल्मों, गानों और कहानियों का सहारा लेना ही पड़ता है। यह पुस्तक भी कुछ ऐसे ही उद्देश्य से बनाई गई है, लेकिन फिर भी मैं दिल से दुआ करूंगा कि हम में से किसी को भी हँसने-मुस्कुराने के लिए किसी किताब का सहारा लेने की ज़रूरत न पड़े, जीवन ही इतना सुंदर हो जाए जो हमारे चेहरों पर मुस्कुराहट बिखेर दे।

धन्यवाद आप सभी का।

डॉ. चंद्रेश कुमार छतलानी

1

डील वाले दुल्हनिया ले आयेंगे

Enter Caption

"पापा आज फादर्स डे है... आज सेहत के लिए हानिकारक मत हो... राज मुझे पुकार रहा है"

सिमरन ने पिता के सख्त हाथों से खुदकी नाज़ुक कलाई को छुड़ाने का प्रयास करते हुए कहा। पिता ने लाल-लाल आँखों से उसे देखा... उनके मन में दया जागी और उन्होंने कहा,

"जा सिमरन जा... जा जी ले अपनी जिंदगी..."

कहकर पिता ने उसका हाथ छोड़ दिया, सिमरन भागी और अपने पिता की साइकिल उठा कर ट्रेन के पीछे दौड़ा दी।

ट्रेन के पीछे साइकिल देखने के लिए राज भी ट्रेन के दरवाज़े से बाहर झाँकने लगा। वह साइकिल के पैडल मारते हुए राज के डिब्बे के पास पहुंची ही थी कि साइकिल की चेन उतर गयी। वह चिल्लाई,

"राज मेरा हाथ पकड़ो..."

राज ने हाथ खुजाते हुए आगे बढ़ाया और सिमरन ने साइकिल की सीट से फिसलते हुए उसका हाथ पकड़ लिया। राज ने उसे खींच लिया। सिमरन ने दूसरे हाथ से ट्रेन के दरवाज़े पर लगा डंडा पकड़ लिया, लेकिन उसी समय राज ने उसका हाथ छोड़ दिया। सिमरन हवा में लटक गयी, वह फिर चिल्लाई, "राज हाथ क्यों छोड़ा... पकड़ो..."

राज ने छोटी अंगुली उठा कर बाथरूम जाने का इशारा किया और अंदर चला गया। पीछे सख्त हृदय वाले पिता भी यह दृश्य देखकर रो पड़े, उसकी माँ ने कहा, "क्यों रो रहा है?"

पिता बोले, "यह हालत.... मेरी....."

और उनसे आगे बोला नहीं गया....

माँ ने सहानूभूति से कहा, "कुछ नहीं होगा, विश्वास रख!"

पिता चिल्लाये, "क्या विश्वास रखूँ... चेन खराब कर दी ना मेरी साइकिल की...मेरी साइकिल..."

कहते हुए वह फफकने लगे।

उधर सिमरन भी जैसे-तैसे डिब्बे में घुसी और राज भी उसी समय सीटी बजाता हुआ बाहर आया। सिमरन फिर चिल्लाई, "राज मैं तुमसे शादी करने डिब्बे में आई हूँ और तुम बाथरूम में चले गए..."

राज ने कहा, "ले..किन सिssssमssssरन...मैंss तुमसे शादी नहीं ककककककर सकता।"

"क्यों...." सिमरन ने चौंकते हुए कहा।

"क्योंकि तूsss है सिssssमssssरन... तू नहीं है कककssssssssकिरन। दोनों के लास्ट में रन से तुझे धोखा हो गया... मैं हक्क्क्कलातालाता हूँ ना...किssssssssरन को तूने सिssssमssssरन सम्म्म्झ लिया।"

यह सुनते ही सिमरन ने तुरंत अपने पापा को फोन मिलाया और कहा,

"पापा आज फादर्स डे है... प्लीज बोलो ना... आ सिमरन आ..."

पापा ने जवाब दिया, "आ सिमरन आ...ट्रेन की चेन खींच और मेरी साइकिल की चेन चढा कर कर आ... लौटा दे मेरी साइकिल.... तभी आना... यही डील मंजूर है तो आ जा बेटी.... नहीं तो जी ले अपनी जिन्दगी"

2

बेईमान स्टेटस

गर्मी की जलन के साथ-साथ फेसबुक पर पडौसियों के शिमला पहुँचने के स्टेटस की जलन की मारी संता की मम्मी संतों ने भी भटिंडा से अपना स्टेटस अपडेट कर दिया - "चेक्ड इन सिंगापुर एयरपोर्ट विथ फैमिली"

हज़ारों लाइक्स और सैंकड़ों कमेंट के जेवर अपने दिल से लगा कर, पडौसियों की जलन और पडौसनों के अपने-अपने पतियों को दिए जाने वाले तानों रुपी भजनों के आत्मिक सुख और सच्ची ख़ुशी को महसूस करती हुई वह सोई ही थी कि उसका स्टेटस पढ़ कर चोरों ने उनके घर में धावा बोल दिया और घर के दरवाज़े का ताला तोड़ कर अंदर घुसने लगे।

लेकिन संता के पापा संतसिंह जाग रहे थे, उन्होंने यह देखकर पुलिस को फोन कर के कह दिया कि "इस फोन को ईमेल समझ कर जियो के इन्टरनेट वाले अटैचमेंट की तरह जल्दी से हमारे घर में डाउनलोड हो जाओ, वरना संतों को थाने में अपलोड कर दूंगा तो थाने की हार्डडिस्क को ही रेनसमवेयर की तरह उठा ले जायेगी।"

डर के मारे पुलिस ने फ़िल्मी पुलिस को भी मात देते हुए वक्त पर पहुँच कर वारदात से पहले ही चोरों को पकड़ लिया। चोर हक्के-बक्के रह गए, आस पडौस से बहुत सारे लोग भी आ गए। एक चोर ने आंसू पोंछते हुए संतों से पूछा, "आंटीजी, तुस्सी तो सिंगापुर गए थे ना?"

संतों के चेहरे का रंग उतर गया, चोरों के साथ उसकी चोरी भी पकड़ी ही जा रही थी कि तभी संता ने बैडमिंटन का रेकेट बेडमेन को मारते हुए

कहा, "चोर अंकलजी, वो तो आपको पकड़ने के लिए मेरी ब्रेवो मॉम ने आईडिया लगाया था..."

अवतारवाणी की तरह बेटे की आवाज़ सुनते ही संतों की आँखों के आगे आये तारे, उसकी आँखों में सितारे बन कर चमकने लगे।

और चोर जाते-जाते अपने साथी को कह रहा था,

"ईमानदारी दा ज्माना ही नहीं रहा... अब तो यार फेसबुक अपडेट भी आउटडेट हो रहा..."

3

संता परिवार का हवाई कहर (मतलब हवाई सफर)

Enter Caption

संता अपनी मम्मी संतो और पापा संत सिंह के साथ हवाई जहाज से जा रहा था।

जहाज में बैठते ही संता ने अपनी चॉकलेट निकाली और खाने लगा, चॉकलेट चबाते हुए उसने हवाई जहाज की खिड़की खोलने की कोशिश की, लेकिन उससे वह खुली नहीं। उसकी मम्मी संतो ने आगे बैठी एक महिला से पूछा, "क्यों आंटी जी, ये खिड़की कैसे खुलती है?"

उस महिला ने हँसते हुए कहा, "ये खिड़की नहीं खुलती है।"

संतो ने फिर पूछा, "फिर मेरा लाल अपना चॉकलेट-रेपर बाहर कैसे फैंकेगा?"

उस महिला ने अपने सामने की सीट-पॉकेट की तरफ इशारा किया, "इसमें फैंकेगा!"

यह सुनते ही संता खड़ा हो गया और उस महिला की सीट के पास जाकर उसके सामने की सीट-पॉकेट में चॉकलेट का रेपर फैंका और उसमें चॉकलेट थूक दी, फिर उस महिला से बहुत सम्मान के साथ बोला, "थैंक यू मम्मी की आंटी जी, ये चॉकलेट अच्छी नहीं थी दूसरी खाता हूँ और ऐसे ही फैंकने आता रहूँगा।"

और मम्मी की आंटी जी बेहोश।

हवाईजहाज उड़ने से पहले होस्ट ने घोषणा की और उसमें कहा कि, "इफ एनी वन रिक्वयार सेफ्टी प्लीज़ कॉल अस (यदि किसी को सुरक्षा की आवश्यकता हो तो कृपया हमें बुलाएं)"

यह सुनते ही संतो खड़ी हो गयी, "मुझे चाहिये सेफटी"

एक एयर होस्टेस उसकी तरफ भागी और पूछा, "यस मैम, व्हाट कैन आई डू फॉर यू? (हाँ मैडम, मैं आपके लिए क्या कर सकती हूँ?)"

संतो ने कहा, "सेफ टी चाहिये और अगर सेफ मसाला टी हो तो और भी अच्छा।"

और एयर होस्टेस भी हो गयी बेहोश...!!

घोषणा हुई "कृपया यात्री अपनी सीट बेल्ट बाँध लें..."

संतसिंह अपनी सीट पर खड़ा हुआ, अपनी जेब से एक रस्सी निकाली और उसे अपनी सीट के चारों तरफ बाँध दिया। एक दूसरी एयर होस्टेस उसके पास भाग कर गयी और पूछा, "सर, क्या कर रहे हैं?"

संतसिंह ने कहा, "अनाउंसमेंट हुआ है सीट बेल्ट बांधनी है। बेल्ट तो मैनें पहन रखी है और अब सीट को बाँध रहा हूँ।"

और दूसरी एयर होस्टेस भी...

4

गायब हुए गाँधीजी

Enter Caption

एक दिन नोटों में से गांधीजी गायब हो गए, नोटों की वैधता समाप्त हो गयी। राजनेता परेशान, रिज़र्व बैंक परेशान, पुलिस परेशान... और जनता, उसे कोई फर्क नहीं पड़ा क्योंकि एक भावनात्मक भाषण में राष्ट्रप्रेम के नाम पर यह कह दिया गया कि गांधी जी पडौसी मुल्क में गए हैं, वहां से जिन्ना का जिन्न लेकर आयेंगे, तब पूरी जनता अलादीन बन जायेगी।

उसी दिन एक बुद्धिजीवी गाँव गया हुआ था, दिन भर परेशान रहा और जब शाम को सहा नहीं गया तो लोटा लेकर वह शौचालय ढूँढने निकला। वहीँ बीच रास्ते में एक बड़ा सा झाडू लेकर गांधी जी खड़े थे। बुद्धिजीवी देखते ही चौंका, और अपनी हालत भूल कर हैरत से पूछा, "गांधी जी, हम तो यह सोच रहे हैं कि आप पडौसी देश में गए हैं, लेकिन आप तो यहाँ इस हालत में? कहीं आप भी नोटबंदी से परेशान तो नहीं हैं?"

गांधी जी ने उत्तर दिया, "नोटबंदी तो अब हुई है लेकिन मैं तो कब से इस नोट में बंदी हूँ, आज ही छूटा हूँ।"

"लेकिन आप भागे क्यों?" बुद्धिजीवी ने एक बुद्धिमतापूर्ण प्रश्न दागा।

"मैं गाँवों को स्वच्छ करने के लिये भाग कर आया हूँ, कभी ध्यान से देखा है, नोट पर मेरी हंसती हुई तस्वीर है, लेकिन मैं नोट में बंदी होकर कैसे हँस सकता हूँ, नोट तो पूंजीवाद की निशानी है और मैं ठहरा समाजवादी।"

"समाजवादी! समाजवादी पार्टी... लेकिन आप तो कांग्रेस में थे ना?"

एक और बुद्धिमतापूर्ण प्रश्न सुनकर गांधीजी असमंजस में पड़ गए, बहुत सोच-समझ कर उत्तर दिया, "मैं कांग्रेस में था... फिर सारे राजनेताओं और उद्योगपतियों की जेब में आ गया, इसलिए भागने में ही भलाई समझी।"

"क्यों? उनके पास रहने में क्या बुराई थी?"

"मुझे इनकी जेबों में नहीं रहना है, बल्कि किसानों के द्वारा जमीन में दबकर खेतों में लहलहाना है, वहीँ जा रहा हूँ... अपने वो काम करने जो

अधूरे हैं..."

कहकर गांधीजी सड़क को साफ़ करने लगे और बुद्धिजीवी ने मौके का लाभ उठाते हुए अपना स्मार्टफोन निकाल लिया, वीडियो बनाने के लिए।

5

तलाश

Enter Caption

आज का मामला बहुत गंभीर था। पूरे थाने को अकेले एक हवलदार के भरोसे छोड़कर बाकी सभी पुलिसकर्मी रात से उसी स्थान के आस-पास उसे तलाश रहे थे। सवेरा होते-होते सभी के चेहरों पर थकान झलकने लगी, सवेरे की पाली के पुलिसकर्मीयों को भी वहीं बुला लिया गया। लेकिन ऊपर से आदेश होने के कारण रात्रि की पाली वाले भी नहीं जा सकते थे।

इतने में वृत्तनिरीक्षक के पास अधीक्षक का फोन आया, उसने फ़ोन उठाया और कहा, "जय हिन्द हुजूर! .... अभी तक कोई हलचल नहीं हुई है .... अच्छा! अभी भी इसी इलाके में होने की सम्भावना है, फिर से सर्च करवाता हूँ..."

फोन रखते ही वृत्तनिरीक्षक ने चारों तरफ नजरें घुमाई और सबको संबोधित करते हुए कहा, "वो यहीं-कहीं होना चाहिए।" उसके कहते ही सभी मुस्तैद हो गये और चारों तरफ खोजी निगाहों से देखना शुरू कर दिया।

तभी उनमें से किसी को गली के पीछे से झांकती एक परछाई दिखी, वो चिल्लाया, "अरे..कहीं वहां तो नहीं"

पूरा दस्ता उस तरफ दौड़ा, उसे दूर से देखते ही वृत्तनिरीक्षक ने कहा, "हाँ! शायद वही है..."

पुलिसकर्मियों को दौड़ कर आते देख वो भी मुड़ कर भागा, लेकिन अधिक दूर भाग नहीं पाया, आखिरकार पकड़ा गया।

वृत्तनिरीक्षक के पास उसको लाया गया, उसने उसकी गर्दन को पकड़ कर नीचे झुकाया, और गले के पट्टे पर सुनहरे अक्षरों में अंग्रेजी में खुदे 'टॉमी' नाम देखकर हाँ की मुद्रा में गर्दन हिलाई, 'टॉमी' भौंक रहा था, वृत्तनिरीक्षक के मुंह से गुस्से में अनायास निकल गया, "चुप कर मंत्री जी के कु....."

पूरा वाक्य वो कह नहीं पाया लेकिन सबके साथ उसने भी राहत की साँस ली।

6

रामभरोसे

Enter Caption

रामभरोसे ट्रेफिक पुलिस में हवलदार था, ड्यूटी करके वो घर में घुसते हुए अपनी पत्नी को चिल्ला कर बोला, “पार्वती, सुनो! गुड़िया को डॉक्टर को दिखाया? कुछ खांसी में फर्क पड़ा?”

उनकी पत्नी ने जवाब दिया, “सरकारी हस्पताल गयी थी, लेकिन वहां डॉक्टर साहब ने देख कर बोला कि पूरा चेकअप करना होगा, बच्ची को शाम को घर पर लाओ।”

रामभरोसे सर से लेकर पाँव तक गुस्से से तरबतर हो गया। वो पत्नी से बोला, “ये डॉक्टर बस रुपये कमाना ही जानते हैं, जनता की सेवा करना नहीं। पता है ना कि सरकारी हस्पताल से दवाई मिल जायेगी नहीं तो उसका पैसा रियम्बर्स हो जाएगा। अब वो अपने हिसाब से जांचे लिखेगा, दवाई लिखेगा। फीस भी लेगा और इन सबमें कमीशन भी खायेगा। डॉक्टर बनते समय जो कसम खायी थी वो तो भूल गए, बस कमीशन खाना याद रह गया। चलो मुझे ये तो बताओ कौन डॉक्टर था?”

पत्नी ने कहा, “डॉक्टर शर्मा था, बच्चों का डॉक्टर”

“अच्छा! वो डॉक्टर,”, रामभरोसे के चेहरे पे मुस्कान आ गयी, “ये तो रोज़ मेरे वाले चौराहे से ही निकलता है, उसका घर उसी रास्ते पर है, कल ही चालान काटता हूँ, गलत गाड़ी चलने के जुर्म में...”

उनकी आपस में बात चल ही रही थी कि घर की घंटी बजी, उनकी पत्नी ने दरवाज़ा खोल कर बताया कि, “रमेश भाईसाहब आये हैं।”

रमेश शहर की ऑटो यूनियन का अध्यक्ष था। रामभरोसे से उनके पारिवारिक सम्बन्ध थे, उनकी पत्नी को वो अपनी बहन मानता था। रामभरोसे की भी अपने विभाग में अच्छी पैठ थी, बड़े-बड़े अधिकारीयों से उसने अच्छे सम्बन्ध बना रखे थे। उसका मानना था कि अच्छा व्यवहार ही सभी जगह काम आता है, सत्य भी यही है।

रमेश के आते ही रामभरोसे की बिटिया भी भागती हुई आ गयी, वो जानती थी कि रमेश अंकल कोई ना कोई अच्छी चोकलेट ज़रूर लाये होंगे, हमेशा की तरह वो लाये भी थे, उनसे चोकलेट लेकर वो खुश हो गयी।

रामभरोसे की पत्नी को नमस्ते करके रमेश ने सबकी खैरियत पूछी और रामभरोसे का गुणगान करने लगा, “बहनजी, आप कितनी

भाग्यशाली हैं कि रामभरोसे जी जैसे देवता पुरुष आपके पति हैं, हम गरीबों के तो मानो मसीहा हैं। ये ना हों तो हमें जाने कितना नुकसान रोज़ का हो जाए। हम तो जो थोड़ा बहुत कमा पाते हैं, इन्हीं की बदौलत है। मेरे और कई सारे भाईयों के परिवार की रोटी-रोजी इन्हींकी बदौलत है।"

रामभरोसे की पत्नी खुशी से फूली नहीं समा पा रही थी। वो रामभरोसे को बोली, "क्यों जी। आप गरीबों की इतनी मदद करते हो, मुझे तो कभी नहीं बताया। तभी तो भैया," वो रमेश से मुखातिब होकर बोली, "कहीं कुछ भी गलत हो रहा होता है, तो इनके तन-बदन में आग लग जाती है। भैया, बताओ ना क्या-क्या मदद करते हैं?"

रमेश भी खुशी- खुशी बोला, "बहनजी, ऑटो चलाने के लिए जितने पेट्रोल की ज़रूरत होती है, उतना अगर हम अपने ऑटो में डालें तो कमाना तो दूर रहा, हम लोग ऑटो की किश्त भी नहीं उतार पायें। इनकी परमिशन से हम कम पेट्रोल से ऑटो चला लेते हैं।"

"अंकल, आप बिना पेट्रोल के ऑटो कैसे चलाते हो?", रामभरोसे की बेटी आश्चर्यचकित होकर बोली।

रमेश बड़े प्यार से बोला, "गुड़िया बेटी, मैं ऑटो नहीं चलाता हूँ, हमारे संघ के बाकी सारे ड्राईवर चलाते हैं। होता यह है कि पैट्रॉल के साथ थोड़ा सा केरोसीन डाल देते हैं, जो कि राशन की दुकान से ले लेते हैं। राशन वाले अंकल भी बहुत अच्छे हैं। अब डैडी इन सबकी परमिशन दे देते हैं तो हम सब पर अहसान ही है ना।"

रामभरोसे की दस साल की बेटी ने जवाब दिया, "लेकिन अंकल, मेरे स्कूल के सर बोलते हैं कि केरोसीन से गाडी चलाने पर बहुत सारा धुंआ निकलता है और अपने शहर में जितनी अस्थमा के पेशंट हैं, उनमें से अधिकतर केरोसीन वाले धुंए के कारण हैं? क्यों डैडी?," वो रामभरोसे से बोली, "कहीं मुझे भी तो इतनी खांसी..."

रमेश बच्ची की बात काटकर अचानक से बोला, "अरे रामभरोसे जी, अ... एक ज़रूरी बात के लिए आया था। पहले तो आप ये लीजिये, ये हम गरीब भाइयों की तरफ से"

फिर बहुत धीरे बोला, "इस महीने का"

रमेश ने एक लिफाफा रामभरोसे को दे दिया, रामभरोसे ने लिफाफा देखा उसके ऊपर लिखा था 25,000/- उसने चुपचाप वो लिफाफा अपने हाथ में ही रहने दिया।

रमेश फिर बोला, "भाईसाहब, अपना एक भाई कल रात को 8 बजे ऑटो चला रहा था, हम लोग देश के फायदे के लिए पेट्रोल/केरोसीन बचाने के लिए रात को ऑटो की लाईट नहीं जलाते हैं, अब देखो शहर की हालत कि एक एरिया में रोडलाईट भी नहीं है, वहां पर उस बिचारे से किसी व्यक्ति को टक्कर लग गयी और वो थोड़ा घायल हो गया, अखबार वालों को देखो तो उन्होंने ऐसा बड़ा चढ़ा कर बता दिया कि वो गंभीर रूप से घायल हो गया, भाई के ऑटो की फोटो भी दे दी। अब, आप थोड़ा सा संभाल लेना। बस यही अर्ज़ करने आया था।"

और रामभरोसे अर्थपूर्ण तरीके से मुस्कुरा दिया।

7

साक्षात्कार

Enter Caption

एक बड़े संगठन की कार की पिछली सीट पर बैठा वह आज अपने आप को किसी अति महत्वपूर्ण व्यक्ति से कम नहीं समझ रहा था,

आखिर उस संगठन में तीन बड़े पदों की साक्षात्कार समिति में वह विषय विशेषज्ञ था। आज से पहले उसने केवल साक्षात्कार दिये ही थे और आज पहली बार साक्षत्कार लेने का मौका मिला था। दायित्व के बोझ से दबे सिर को बार-बार उठाते हुए वह गाड़ी में लगे दर्पण में देखकर अपने बालों को हाथों से संवार रहा था।

कम्पनी पहुँचते ही बड़ी गर्मजोशी से उसका स्वागत हुआ, फिर उसे ससम्मान साक्षात्कार हेतु निर्धारित कक्ष में ले जाया गया, वहां साक्षात्कार समिति के चार अन्य सदस्य उसी की प्रतीक्षा कर रहे थे। सभी से मिलने के बाद वह बिलकुल मध्य की कुर्सी पर बैठा गया। इतने में उसके लिये चाय आ गयी, लेकिन चाय की चुस्कियों में वह स्वाद कहाँ था, उसकी जिव्हा तो प्रश्न पूछने का स्वाद चखने को उत्सुक थी।

अभी चाय समाप्त हुई ही नहीं थी कि संगठन का लेखा-अधिकारी आ गया, सबसे पहले लेखा-अधिकारी उस ही के पास आया और एक लिफाफा थमाकर वाउचर पर हस्ताक्षर करवाये। लेकिन उसके हाथों की खुजली आज रुपयों से नहीं बल्कि हर उम्मीदवार के अंक लिखने से मिटने वाली थी।

उसने उत्सुकता से लेखा-अधिकारी से प्रश्न किया, "कितने उम्मीदवार आये हैं?"

"सर, लगभग साठ हैं..." लेखा-अधिकारी का उत्तर सुनते ही उसका दिल बाग़-बाग़ हो उठा। लेखा-अधिकारी समिति के सभी सदस्यों को लिफाफा बाँटकर चला गया।

इसके पश्चात् उस संगठन का प्रबंध-निदेशक स्वयं आया, उसके हाथ में कुछ कागज़ थे। वह प्रबंध-निदेशक के कागज़ पकड़ने के अंदाज़ से ही समझ गया कि उन कागज़ों के मजमून में उम्मीदवारों की सूची है, जिनमें उसे साक्षात्कार लेकर अंक भरने हैं। प्रबंध-निदेशक सीधे उसी के पास आया और उसे सारे कागज़ देकर बोला, "सर, आप आखिरी में हस्ताक्षर कर दीजिये।"

कागजों में उम्मीदवारों की सूची ही थी और अंक का कॉलम खाली छूटा हुआ था। उसने हिचकिचाते हुए पूछा, "सर, इस खाली सूची में..."

प्रबंध-निदेशक ने मुस्कुराते हुए सिर हिला दिया।

और कुछ ही मिनटों में वह फिर से गाड़ी की पिछली सीट पर बैठा अपने दाहिने हाथ को बांये हाथ के नाखूनों से खुजाल रहा था और जिव्हा बार-बार होंठों पर फेर रहा था।

8

वज़नी समाचार

Enter Caption

समाज के गर्भ से दो समाचार पैदा हुए। एक समाचार मोटा था तो दूसरा लंबा। मोटे समाचार का चेहरा कुरूप था और वह दहाड़ें मार कर रो रहा था क्योंकि जन्म से ही बलात्कार और हत्या नाम के कीड़े उसके पेट में थे और दर्द उत्पन्न कर रहे थे। कीड़े इतने लम्बे थे कि उनकी पूँछ पेट में तो मुंह समाचार के गले तक आ रहा था।

उसके विपरीत लंबा समाचार सुंदर था। उसके हाथों में एक नया आविष्कार था और वह मुस्कुरा रहा था क्योंकि उसके लहू में बहती हुई रचनात्मकता उसके शरीर और मन को गुदगुदा रही थी।

दोनों समाचार अलग-अलग गाड़ियों में एक प्रख्यात समाचार पत्र के सम्पादक के पास पहुंचे। उस सम्पादक ने दोनों को नहला-धुला कर सौम्य कपड़े पहना दिए, साथ ही उन दोनों समाचारों के जनक के नाम भी उन समाचारों के माथे पर बड़े अक्षरों में मढ़ दिए।

अब समस्या यह आई कि किस समाचार को दुनिया के सामने पहले लाया जाए? बहुत सोच-विचार कर मुख्य सम्पादक ने यह आदेश दिया कि जिस समाचार का वज़न ज़्यादा हो उसे पहले दर्शाया जाए।

'देश-समाज के लिए लाभदायक' नाम का एक तराज़ू लाया गया और उसमें दोनों समाचारों को तौला गया। लंबा समाचार ज्यादा वज़नी निकला।

मुख्य सम्पादक ने यह देखकर कहा, "एक तराज़ू अकेला न्याय नहीं कर सकता।"

तब 'जनता की पसंद' नाम का एक और तराज़ू लाया गया। उसमें दोनों समाचारों का वज़न बराबर आया। सही न्याय करने के लिए अब मुख्य सम्पादक अपनी दराज़ से एक अन्य तराज़ू निकाल कर लाये और उसमें दोनों समाचारों को तौला। उस तराज़ू में मोटे समाचार का वज़न ज़्यादा आया।

मुख्य सम्पादक ने तुरंत ही निर्णय सुना दिया कि मोटा समाचार अखबार के पहले पन्ने पर सबसे ऊपर और लम्बा समाचार चौथे पन्ने पर दिखाया जाएगा। यह सुनकर सम्पादक ने मुख्य सम्पादक से पूछा, "लंबे समाचार को चौथे क्यों? पहले पन्ने पर कहीं नीचे या दूसरे पृष्ठ पर दिखाया जा सकता है।"

"उससे मोटे समाचार का प्रभाव दब जाएगा और देखे नहीं लम्बे समाचार के हाथों के बदसूरत छाले... न्यूज़ नेगेटिव हो जायेगी।" कहते हुए मुख्य सम्पादक ने 'समाचार पत्र के वित्त पोषण' नाम के उस तराज़ू को फिर से अपनी दराज में रख दिया। तराज़ू के एक पलड़े के नीचे 'मसालेदार' नामक चुम्बक चिपका हुआ था।

9

इंटरनेट का नशा

Enter Caption

शैतान सारी पृथ्वी पर राज कर रहा था, नहीं जा पाता था तो सुकर्म साधू के आश्रम में, वहाँ का वातावरण इतना शुद्ध था कि शैतानी शक्ति

जाते ही जल जाती थी। शैतान कभी ए.सी. ले आता, कभी कार, कभी फ़ास्ट फ़ूड, कभी टी.वी. तो कभी और कुछ, भोग विलास के इतने साधन पा कर भी सुकर्म साधू और उनके शिष्य कभी विचलित नहीं हुए।

शैतान ने फिर अंतिम हथियार का प्रयोग किया।

उसने एक-एक मोबाइल फ़ोन एक महीने का नेट पैक डलवा कर सुकर्म साधू के सभी शिष्यों को दे दिया। एक सप्ताह के भीतर सुकर्म साधू के सभी शिष्यों ने किसी न किसी कन्या से चैट करना आरम्भ कर दिया।

एक महिना बीत जाने के बाद जब उन सभी का नेट पैक खत्म हो गया, तो सभी शिष्य सुकर्म साधू के पास गए और नेट पैक के लिए रुपये मांगे।

गुरूजी को पहले ही सब मालूम था, उन्होंने सभी के फ़ोन में नेट पैक डलवा दिया, फिर एक शिष्य से फ़ोन लेकर उस पर चैट आरम्भ किया और जिस कन्या से वह शिष्य चैट करता था, उसे ऑनलाइन देख एक मेसेज किया, "आपके आई.पी. एड्रेस के बारे में साइबर क्राइम विभाग ने पूछताछ की है, उसमें से लगभग 100 फेक आई.डी. चलाई जा रही हैं..."

फिर सुकर्म साधू बोले, "शिष्यों, सभी अपने-अपने फ़ोन में देखो एक चमत्कार..."

सभी शिष्यों ने फोन पर चैट एप्लीकेशन चलायी तो देखा कि वो सारे के सारे ब्लॉक हो चुके थे।

10

असत्यवान

Enter Caption

यमराज बड़े व्याकुल होकर कभी इस दिशा में जाते तो कभी उस दिशा में। नारद जी ने पूछ ही लिया, "यमदेव, यह कैसी व्याकुलता?"

"मुनिवर, कलियुग में सावित्री और सत्यवान ने पुनः जन्म लिया है, विवाह भी हो गया और मुझे पुनः सत्यवान के प्राण हरने जाना है। सावित्री के समक्ष विवश हो ही जाता हूँ।"

"आप राजा राम मोहन राय से परिचित हैं?"

नारद की यह बात सुनते यमराज के मस्तक में जैसे सूर्यदेव आलोकित हो उठे। सत्यवान और सावित्री एक वृक्ष के नीचे बैठे थे, यमराज वहां पहुंचे, सत्यवान के प्राण हरे और उसके जीव को यमपाश में बांधकर दक्षिण दिशा की ओर चल दिए।

पतिहीन नारी की पीड़ा हृदय में लिये सावित्री भी उनके पीछे चल दी, थोड़ी दूर चल कर यमराज ने कहा, "सावित्री, सत्यवान के प्राण के अतिरिक्त अन्य कोई वरदान मांग लो।"

"तो आप मुझे वरदान दें कि मैं दो पुत्रों की माँ बनूँ।"

"तथास्तु!"

"परन्तु श्रेष्ठ पिता, पति के बिना पुत्र कैसे होंगे?"

"कलियुग में विधवा-विवाह की प्रथा है सावित्री।" कह कर यमराज ने भैंसे की गति तीव्र कर दी।

सावित्री असमंजस में विचारने लगी कि अब वो किससे बेवफाई करे, सत्यवान से या फिर यमराज के वरदान से।

सत्यवान ने यमराज से मार्ग में कहा, "हे श्रेष्ठ पिता। मुझे तो हर जन्म में आप किसी न किसी समय लेकर गये हैं, लेकिन आज आप विशेष प्रसन्न दिखाई दे रहे हैं।"

"हाँ, आज सावित्री मुझसे विजयी नहीं हो पायी, मेरे ऊपर एक कलंक था, वो मिट गया।"

"परन्तु मैं आपके पाश में से भाग सकता हूँ। इसमें अब वो क्षमता नहीं रही, मार्ग में चार बार तो बाहर निकल चुका हूँ, ऐसे तो जीव भागते रहेंगे। धरती पर इससे उत्तम गुणवत्ता के पाश उपलब्ध हैं, आप वह क्यों नहीं ले लेते?"

यमराज को भी लगा कि बात तो सही है। वह बोले, "अच्छा! चलो।"

"बदले में एक वरदान आप मुझे भी तो दें।"

"सत्यवान, अपने प्राण छोड़ कर कुछ भी मांग लो।"

"श्रेष्ठ पिता, मुझे मेरे माता-पिता के चरण छूकर आने का वरदान दें। उसके बाद पुनः मेरे प्राण हर लें।"
"तथास्तु! परन्तु सर्वप्रथम मुझे नवीन पाश उपलब्ध करवाना होगा।"
सत्यवान ने यमराज से यमपाश ले लिया और एक रस्सी की दुकान पर ले जाकर ट्रक बाँधने वाली रस्सी दिखाई। यमराज ने बहुत प्रसन्न होकर वह रस्सी उठा ली और फिर सत्यवान के जीव को उसके शरीर में पुनः डाल दिया।
सत्यवान उठ खड़ा हुआ और अपने माता-पिता के चरण स्पर्श किये। यमराज ने पुनः उसका जीव निकालने का यत्न किया, लेकिन यह क्या? असली यमपाश तो सत्यवान के पास था।
सत्यवान जीत गया। वो बात और है कि असत्य कह कर।

Printed by Libri Plureos GmbH in Hamburg, Germany